SIBORA HUDA

Zërat
E NJË QYTETI

TURDIU
BOTIME

Tiranë 2019

Përmbledhje

Përgatiti për botim:
Eva Turdiu

Kopertina & Layout
Eva Turdiu

Redaktore:
Klaudia Malaj

ISBN:
978-9928-4580-1-8

*Adresa. "Bajram Curri" (mbrapa shkollës së Baletit),
Tiranë, Albania
Mob. +355672025200*

Instagram. Digital Graphics Turdiu

Sa gjatë qau qiriu,
Pa arsye,
Veç po digjej ndër ca fjalë,
E zë s'nxirrte !!!

Do flas

Me kohë fjalën e kam dhënë,
Fjalë nuk do le pa thënë
Do flas e do bërtas
Fjalën time do përkrah
Se e di që të drejtë kam
Për atë fjalë që më është lënë !

Fillova një jetë
Kur nëna për të folur më ka dhënë të drejtë,
Fillova të flas,
Kur me murin bëja debat,
Fillova të shkruaja,
Kur gjallesës time jetën i'a dhurova,
Fillova të ecja,
Kur fillova përgjigje të ktheja.

Reflektim...

Po luante vajza me pasqyrën,
Shoqërinëe e pavërtetë mendoi,
Njerëzit me dy fytyra,
E pasqyrës këtë hall ja kallzoi.
Por "pasqyra" hallin nuk e kuptoi,
E si reflektim atë e tregoi...

Pasqyrë moj pasqyrë,
Pa më jep një tjetër fytyrë,
Të ve një buzëqeshje fallce,
Të kuptoj që ti më nxorre krejt padashje!

E pasqyra prapë nuk dëgjoi,
Vajzën vazhdoi dhe e tregoi,
E tregoi gjatë e gjatë,
Deri sa e bëri zap,
E më pas,
Fap e mbërtheu në varg...

Vajza u lut për mëshirë,
Por hekujt e rreshtave ishin të vështirë,
E kështu për pasqyrën u bë vetëm një poezi.

Brenda në pikturë

Hyra brenda pikturës e s'po dilja dot,
Ishte kaq qetë dhe luajta boll,
Fola me zogjtë, fola me pemët,
Fola me drurin e fola me erën.
Jeta ish e bukur e gjithçka ish perfektë,
Derisa një moment ndjeva plot tërmete.
Një ish për mallin,
Një ish për zërin,
Një ish për flokun,
Një ish ....
Por ti nuk ishe aty.

Rrugëve

Po ecja rrugës me erën,
Dhe në çast ndalova,
Sytë lart në qiell i hodha,
Ishte natë e nuk pashë shumë,
Veç hënën që këndonte ninullë.
Vazhdova aventurën time,
Vrapova rrugë më rrugë,
Erdhi koha e agoi,
Dielli doli,
Gjithë botën në një zë e çoi.
Kur pashë lart me pak frikë,
Pashë re, qiell dhe dritë,
Nga lumturia në atë moment,
U bëra një me perënditë.

Qesh për atë që je

Me një këmbë a me dy,
Unë nuk shoh ndonjë ndryshim tek ty,
Për të folur a për të lozur,
E ke forcën për ta përdorur.

Mos lejo të të hedhin poshtë,
Kij besim e ji e fortë,
Mos qaj për atë që nuk ke,
Por qesh për atë që je.

Rrugë melankolike

Eci rrugës e mendimet më bien si pika shiu,
Melankolia më prek në flokë,
E më pas bie përtokë.
E dua shiun e pabesë,
Njëherë qan e njëherë qesh.
Ah sa e dua,
Kur mbi qiell lëshon rrufe,
Qesh me gjithë njerzinë,
Se me çadra i'a falin dashurinë.

Shkallët e shtëpisë sime

Të vjetruara kaq shumë
E të forta pafund,
Nuk dorëzohen asnjëherë,
Ndonëse këmba ime ndonjëherë në besë më ka prerë.
Ditë përditë ju zbres,
Çdo herë me kaq qejf,
Ndaj sot u frymëzova,
Për shoqërinë me shkallët shkrova ;

Të dashura shkallë!
Si pa kuptuar sot dhjetë vite kanë kaluar,
Ju dua kaq shumë,
Se tok me ju jam rritur unë.
Sa shpesh ju kam zbritur,
E sa shpesh u jam ngjitur
Sa herë padashur mbi ju kam rrëshqitur,
Si një flamur më keni valëvitur.
Sa herë kam zbritur si modele
E sa herë kam ecur këmbadore si kotele,
Njëherë, o lele këmba,
E njëherë, o lele dora,
Të eci me kujdes
Mësimin nga ju e mora.

Këpucët e reja

Kjo këpucë si qielli blu,
Një dhembje po ma jep,
Të mos eci më thotë në tru.

E unë ç'të bëj,
Rrugën për në shkollë dot nuk e afroj,
Ndaj nxitoj dhe këpucët e bukura me mëri i shikoj.

Dhe darka afron,
Këmba ime këpucën fajtore e bën,
Qan as qan po dhembja nuk po ndalon,
Po vuaj kaq keq,
Eh ju këpucë të reja vafshi në dreq.

Leukoplasti

Me leukoplastin shumë u zemërova,
Nga farmacia më erdhi e m'u ngjit te këmba,
Erdhi e qetë dhe jo duke qarë,
Erdhi kastile si për të më vrarë
Erdhi me të shpejtë,
Erdhi si pa të keq,
Në këmbën time për t'u ngjitur,
Dhe të mbetej aty si për dreq.

Ku e gjej unë lumturinë !

Nëse ti e gjen lumturinë mes lodrave,
Unë e gjej mes reve.

Nëse ti e gjen ngrohtësinë te nëna,
Unë e gjej tek hëna .

Kur ti shtrihesh në krevatin e butë,
Mua më mbulon qielli me yje.

Kur ti vritesh e qan oh nënë,
Une vritem e qaj me dënesë,
e nga kush përgjigje s'pres.

Kur ti ëndërron për një biçikletë,
Unë ëndërroj për një fije shpresë.

Kur ti kërkon motër e vëlla,
Unë mbështetem tek ata.

Janë ...... !!!!

A nuk i sheh atje tej,
Edhe ata qeshin,
Se nuk janë të medhenj,
Edhe ata qeshin,
Qeshin se në zemra kanë diej.

Dhe ato nga nëna mësojnë të ecin,
Te nëna dorën e mbështesin,
Tek ajo lotët i derdhin.

Dhe ata mund të ecin,
Dhe ata mund të qeshin,
Mund të flasin,
Por nuk i dëgjon dot askush kur bërtasin.

Është lumturia më abstrakte,
Është buzëqeshja më formale,
Është jeta më reale!

Janë fëmijë dhe do qeshin ,
Janë fëmijë dhe nuk e vendos ti,
nëse në jetë do të ecin!

Sa do doja ti dëgjoja zërin,
Zemrave mos t'iu bërtasin,
Ti bërtasin botës së djallëzuar,
Që mendon se ia vulos fatin !

Rrugët e fëmijërisë

Rruga me kalldrëm,
Nuk ka ndryshuar aspak,
Dhe shtëpia e vjetër,
Aty ka mbetur prap.

E përhumbur eci në rrugët e fëmijërisë,
Në kohë udhëtoj,
Mbi karrocën me guzhineta,
Udhëtimin më të bukur përjetoj.

I kam të gjithë aty,
Kam fëmijërinë
Megjithëse flokët e zbardhur
E ca rrudha më tepër,
Sigurisht, e kohës është dhe kjo vepër.

Bëj një çap e shkoj në derën e vjetër,
Trokas me ngadalë,
Është koha për të ngrënë drekën,
Për dreq derën nuk e hap nëna ime,
Atë e hap dikush tjetër.

Me kokën ulur e me sy të përlotur
Unë kthehem prap në makinë,
Përplas derën
E takohem me realitetin tim.

Kujtimet e shkatërruara

U bë një kohë që kur jam shkatërruar,
U bë një kohë që çdo kujtim e kam harruar.

Dal shëtitje nëpër mendje,
E gjej një pallat të vjetëruar,
Vende-vende i krisur,
Vende-vende i braktisur.

Tentoj të bëj çap,
Por për dreq i vetëm gjendem prapë,
Dëgjoj brenda mureve të qeshura fëmijësh,
E ndërsa në dhomën fantazëm,
Shkoj e bëj llafe me errësirën.

Dal prapë e shoh me kureshtje,
Vallë ç'na qenka kjo lloj ndërtese ?

Nëse ...

U ula duke menduar,
Dhe duke pyetur veten,
Si do ish bota vetëm me mua,
E bukur apo pa kuptim?
Dhe nëse do ta dish
Kuptova diçka ...

Po të ecja rrugës,
Me kë do përshëndetesha?
Do isha mbretëresha,
E asgjëje?
S'do kisha motra e vëllezër të luaja,
Do rrija vetëm,
Një shkretëtirë duke sunduar?
Duke u etur për dashuri,
Shuar për miqësi
Dhe fundja,
Pse jo dhe pak përzemërsi!

E pashë Dimrin...

E pashë Dimrin me sytë e
gjyshes,
Pashë oxhak për të parën herë,
Dhe një mashë aty pranë,
Me trungun e shkretë kish gjet belanë.
Vëmendje zjarrit nuk i kisha vënë,
Se si një lis a pishë digjej aty,
Qante a s'qante i gjori trung,
Që në një ditë të ftohtë,
Shtëpinë ta bënte kaq të ngrohtë.

E pashë dimrin me sytë e mamit,
Rrugës mbledhur nga i ftohti po nxitonte për në punë,
Kaq të qetë asnjëherë se kisha parë,
Lodhja e kish pushtuar si varr.

E pashë dimrin me sytë e babit
Një ngjarje e rëndë ka ndodhur pak larg,
Do vonohet shumë...
Familja thua të jetë në një të ftohtë të madh?
A mund t'i le vetëm?
Apo mos janë në vështirësi?!
Më pas çdo të ndodhi?
Duhet të kthehet në shtëpi me shpejtësi.

Eh kur e pashë dimrin me sytë e mi,
Ishte një ditë e thjeshtë,
Një ditë pushimi,
Me borë e ngricë rrugët mbuluar,
Dhe pemët me vello të bardhë duke nusëruar.

Ah për pak desh harrova,
Dhe disa ditë pushim e
larg nga shkolla.

Një notë mbi zemër

Zhurmë mbi tavolinë,
shfletoj pa hezitim,
Pres një gëzim,
Një yll që ndriçon.

Destinacioni thotë stop,
Shuhet një dritë,
një neon fiket,
Era fryn e më le vetëm në errësirë.

Ai gëzim,
Që humbi në shkretëtirë,
Nga një notë mbi zemër,
Një "X" në pasqyrë.

Loti rrëshqet ngadalë,
Ndër faqen e lagët,
Nuk shoh dot,
Se një notë zemrën ma verboi.

E tej hekurave,
Takohem me heshtjen,
Nuk flas,
Veç qaj.

Një fjalë nga goja del,
Zemra më vret,
Shoh lart,
Kokën nuk e ul.

Veç lotët rrjedhin,
E një përqafim më bën ftohti,
Por shpejt largohet,
Me diellin e shpirtit tim ndërrohet.

Këmba

Pak vrull e pak stil,
Nëpër shkallët e shkollës,
Bëja sikur po jepja mësim.

Por kur erdhi fundi këmbët u ngatërruan,
Desh më mori lumi,
Për fat hunda më shpëtoi,
E si ajo e pinokut nuk përfundoi!

Ama këmba mu përdrodh,
Bërtita aq shumë
Sa edhe zëri m'u lodh

Ky stil i ri u kthye në dëmtim,
E në kthehesha në këmbë,
Do të bija sërish.

Provimi

Sot po qaj unë për ty nënë,
siç ti qaje kur unë vritesha
siç te rridhnin lotët në përurime,
sot është radha ime!
jam unë ai që i rrjedhin lotët,
sot në këtë ditë të zezë,
ashtu nënë siç qenkan retë,
mos vallë u bashkove dhe ti,
bashke me ditët me shi
sepse sot qortimet po më vijnë furi?

Shkoi kjo jetë

Dhe shkoi kjo jetë
Në tavllën e kristaltë u derdh,
Si të ish cigare e vërtetë.
Të qeshurat ktheheshin në hi,
Nga zjarri që digjte në brendësi.
Ky yll i djegur sa pa kuptuar...
Kaq shpejt u gjend i shkrumbuar,
Ra si meteor e zemrën ma bëri gropë,
Ku binin kujtimet,
Dhe shpirtin ma vrisnin me forcë.
Gjithçka më digjej,
Dhe jeta po merrte flakë,
Dhe zëri,
E qeshura,
Duart,
Gjithçka e shkrumbuar.
Oh mos!
Ç'zjarr më ka pushtuar kështu,
Sot çeli fryti,
I heshtjes së gjatë.

Mendimi që më fliste në vesh...
Dhe unë mbi një argsh*,
Duke notuar mbi oqeanin e lotëve,
Vetëm aty ku gjeja qetësi,
Po e mbushja në pafundësi.
Dhe nuk po mundja të notoja,
Se ishte thellësi,
Shumë duke qarë,
Shumë kohë me zi,
Dalëngadalë po mbytesha në oqeanin e lotëve të mi.
Por një rreze dielli lotin ma thau,
E unë mbi argsh duke notuar
Bregut i isha afruar ... .
(*argsh-Trap, mjet lundrimi)

Sahati i vjetër

Na ish një herë një sahat që nuk punonte,
Shumë njerëz vonë i bënte,
Sa shumë të tjerë herët i çonte,
Iu bënë shumë kontrolle,
Por kurrë defekti nuk iu gjet.
Shumë dijetarë u mblodhën,
U shtrua tryeza gjerë e gjatë,
Sa ide e mendime u hodhën,
E të gjitha në zjarr u dogjën!
Veç më i vjetri diçka tha...
"Pse lodheni kaq shumë?
Shkoni e kapeni në gjumë"....
Vallë ju jep leje, t'ia prishni atë heshtje?
Bënë prova ta kapnin në gjumë...
Po kurrë nuk e bënë dot...
Kur dijetari shkoi,
fatmirësisht sahati ish në gjumë,
e defektin ia gjeti menjëherë.
E pyetën të gjithë,
E ai nuk foli,
E lutën dhe e lutën shumë të tillë,
E ai, thoni se ua tregoi?.....

Të njoh

Unë të njoh
Lërmë të them kush je.

Ti je ai që të merr malli për diell,
Kur bien flokët e para të borës.

Ty të merr malli për dikë,
Kur e ke shkatërruar atë!

Të merr malli për themelet,
Kur ato janë shembur.

Të merr malli për nënën,
Kur ajo e gjallë ka vdekur!

Të merr malli për trojet,
Kur kufirin ke kaluar.

Të merr malli për filloren,
Kur të lartën ke mbaruar.

Të merr malli për paranë,
Kur me të ke abuzuar!!!

Unë dhe pasqyra!

Kurkund veten s'e shoh,
Ç'dokund kam deformime,
Por vetëm ti pasqyrë,
E sheh të vërtetën time.

Kam derdhur shume lot,
Sa shumë me vlerë,
E të shumta ato kanë qenë kot,
Veç ti pasqyrë çdoherë mi ke blerë.

Me ty pasqyrë kam qeshur,
Kur veten time kam parë,
Shumë herë të zhubrosur,
E shpesh herë të hekurosur.

Jam bërë këngëtare,
Shumë herë kërcimtare,
Kam ndarë kaq gëzime,
Me ty pasqyrë kam ndarë dhe vallen time!!

Kam luajtur me ty,
Kam folur shpesh herë,
Aktore filmi,
Ti pasqyrë më ke nxjerrë!

Ke qenë spektatore,
E ndonjëherë aktore,
Më ke nxjerrë shumë sekrete,
Me shikimin e parë më ke bërë për vete!

Atëherë ish një kohë

Ish një kohë,
kur muzika ish e vërtetë,
Ish një kohë
kur fantazmat ishin njerëz,
Ish një kohë
kur jehonat ishin fjalë,
Ish një kohë
kur tymi ish cigare,
Ish një kohë
kur Hëna ish nuse me vello.

Eh sikur dhe sot
të ish si atëherë,
Fotografitë
të mos ishin ngjitur në mure,
Që nga koha
merituan harresën.

Fluturo me mua

Nëse mundesh më beso,
Dorën jepma,
Mos më rrëzo.

Dua ngrohtë,
Ta besoj se nuk jam vetëm,
Në fluturim me zemër.

Të jetoj si ti,
Të luaj, vrapoj,
Të hy në botën tuaj.

Ah sa dua të bëhem një me ty,
Në një shpirt fëmijë,
Të qesh se zemra ma thotë.

Beso tek mua,
Mos më shty,
Të jetoj si ti
Edhe unë dua.

FLUTURO ME MUA!!!!!

Inati i borës

Vallë me kë e ka inatin Bora?!
Vërtet shumë u mendova,
Dhe përgjigjen dëborës ja vodha - ishte nata.

Eh ta dini përse,
E errëson e bën të zezë,
E ndërkohë që për bardhësi
Ajo vetë është mbretëreshë.

Kërkon të bardhën
Natën e më kot,
Koka me gënjeshtrat e erës,
Iu mbush plot e përplot.

Psherëtin era në vesh të tokës,
Me gjëegjëza mendjen ja mbush,
Gënjen e xhelozon,
Që të bardhë të ketë vetëm një pikë lot.

Dëbora ndihmë kërkoji,
Por njeri nuk e ndihmoi,
S'kishte faj, të gjithë heshtën,
Se përpara kishin mbretëreshën.

Se nuk shkruan kush mbi atë letër
Se nuk e kanë stilolapsin e së vërtetës
Ta studiojnë dëborën në detaj,
Të shohin sekretin e saj.

E po qan era në shi
Se u lag e u vesh me zi
Bardhësia e dëborës nuk qe zhdukur
Se zilia e erës e kish mbytur.

Qan nata

Qan nata me yje,
E retë me shi,
Qan edhe parvazi në dritaren e dhomës time,
Qan e kërcet me furi!

Dhe unë, ulur nën dritë hëne,
Dorës mbaj një kupë ëndrre,
e në tjetrën fletë e penë,
t'i thur natës një poemë.

Më oshtin në vesh era e veriut,
Melankoli zëri kitarës,
E unë e vetme,
mbështetur në parvazin e dritares.

Loz me yjet ëndërrimtare,
Loz me hënën lajkatare,
Unë e fshehur pas penxhere,
E ti moj hënë, fshehur pas reve!

I fshihemi njëra-tjetrës,
Vrapojmë pas reve,
Fshihemi pas perdeve,
Fluturojmë me krahë,
Që nga kënga e kitarës,
e deri te qetësia mesnatës.

Të puth të përqafoj,
E pastaj nga ëndrra vrapoj,
Qaj, ulëras, gati sa nuk plas,
Por prapë me ty gjithmonë di të flas.

Nata e qetë

Nata sonte duket e qetë
Hëna më është fshehur,
e me mua më nuk flet...
Yjet po qajnë,
E padashje me mijëra pika loti, flokun tim lajnë

Në këtë natë hëna nuk po del,
Sot, muzikën e gjumit nuk ma këndon,
E ndjej që po thinjet flokë-flokë,
Dhe ashtu qetë e qetë po bie dalëngadalë në tokë...

Në këtë natë të qetë u zbardh Toka,
Por m'u zhduk hëna,

Por m'u tremb yjësia..
Sonte ndriçon toka më shumë se hëna,
Zbardhet bota e derdhet bora.

Si të dukem moj pasqyrë

A dukem e gëzuar,
E kënaqur me jetën e vështirë?
Më thuaj pra pasqyrë,
A dukem e gëzuar?

A duket vuajtja ime,
Lotët që zemrën ma kanë copëtuar?
Flit pra pasqyrë,
A duket dhurata që më ka bërë bota?

Nuk dua që djalli të vijë tek familja ime,
Ti bëj të qaj,
E ti copëtoj më shumë se zemrën time...!

Eh pra pasqyrë,
Ma sheh dhe ti vuajtjen apo jo,
Veç te ti pasqyrohet kjo dhimbje,
Besoj se më kupton,
Që qaj kaq shumë brenda,
Dhe jashtë lulëzoj,
Që vyshkem nga brenda,
Dhe jashtë gëzoj...!

E bukura e dreqit!

E ku ka më të bukur se dreqi?
Pa më thoni ju me krahë,
Se ç'do kush e ka në një cep,
Ku të gjitha i përplas.

Thotë dhe zogu në shtegtim,
Kur puplave nuk i ka besim,
Se do t'ia bëjnë të gjatë atë fluturim,
Mbase destinacionin do t'ia fshijnë.

Dreq o punë thotë njerëzia,
Që një ditë nuk i ndaloi zia,
Që nuk eci një herë drejtë,
Po veç kthesa,
Pat në këtë jetë.

Dreq thotë mërgimtari në udhë,
Se e largoi kaq shumë nga nëna,
E la me brengë në gji,
Çdo ditëlindje pa urim.

Dreq, thotë dhe plaku në udhë,
Kur një makinë kalon me vrull,
Ky plak shumë mirë e di,
Se një ditë ky vrull,
Jetën do ta marrë me qetësi.

Veç një përgjigje nuk e di,
Për hënën e bukur në qiellin e zi,
E thotë a s'e thotë atë fjali,
Por do pyes retë,
Përgjigje rreth saj,
Veç nga ata mund ketë.

E thotë dhe peshku në notim,
Kur loti në vend nuk i rrinë,
Dhe unë që më kot pyes veten,
Pse deti është me kripë?!

Dreq thotë dhe vaji në rrjedhim,
Mos në faqen e gabuar jam,
Mos gabimisht me shami do të më thajnë?
Ah sa do doja tani vetëm të qaj.

Zarfi

Shumë bosh duket kjo postë,
Mos vallë kurrkush për të nuk mendon?!

Ah sa gjynah,
Në këto festa i vetëm qëndron,
Askush nuk kujtohet për të...

Dhe unë ashtu e trembur,
Me letrën rrudhosur,
Këmbët zbathur,
Dhe shpirt brengosur
qëndroj para saj.

Adresa ime qenka bosh,
Ku do të ma çojnë,
Kur kjo letër nuk ka destinacionin?!

Ashtu me shpresën ecim përdore,
Në rrugën e ngushtë,
Në rrugën qorre...

Po kërkon për mbiemër,
Po shikon për kuptimin e jetës,
Po vazhdon të luftosh,
Po ecën,
si të jetosh ta kuptosh.

Po mbahesh në mur,
Se këmbët e prindërve,
I ke tashmë gur.

Kush quhet LIRI

Lirinë shohim shpesh në ëndrra,
Realiteti s'lejon ngjyrat e lirisë.
Në paftë dikush diku liri,
Askund tjetër nuk e gjen,
veçse në poezi.

Lapsi është në dorën tënde,
Hidhe vargun mbi letër,
Hidh ç'të duash ti,
Ja pra, kush quhet liri.

Mos i thënçin tokë kësaj toke,
Që gri mbjell në vend të luleve,
Veç mashtrime e mashtrime,
Por në poezi shkruaj të vërtetën,

Mblidhuni poetë.
Ti themi po fjalës shqipe,
Tokën të gjelbërojmë,
Me fjalorin e kristaltë,
Që rrjedh tutje realitetit,
Në një ujëvarë,
Që na thërret,

Pra mblidhuni poetë.

Derdhem në zemrën tënde
Ëndërroj në te,
Dehem nga dashuria fortë,
Se ne jemi Një

Ylberi i ëndrrës

Nga heshtja shkova,
Dhe në ëndërr u zgjova,
Pashë përreth,
Dhe një ylber ishte në mes.

Mora ngjyrat e tija dhe një letër
Vizatova një ylber tjetër,
Që nuk shuhet nga dielli,
E as nuk struket nga qielli.

Ta kem përjetë ta bëj timen,
Ta mbaj në zemër,
Ëndrrën ta gjej përherë,
Mos t'më zhduket në humnerë.

E bukur ëndrra,
Lajkatare,
Ylber e kishte zemrën,
E ndaj dot nuk largohem.

Kapitull i ri

Nëse kthehem pas nga ky udhëtim,
jeta, thua të më presë,
e të mos më zhduket ndërkohë që trenin e kujtimeve zbres?

Nëse kthehem pas,
dashuria do të jetë aty,
po dera e vjetër dhe oxhaku që nxirrte tym?

Nëse kthehem pas,
a do jesh ulur aty,
duke më treguar një tregim
dhe sytë e tu që ndrinin në perëndim?

Nëse kthehem pas,
a do gjej përgjigjen e pikëpyetjeve të mia?

Dita e Pavarësisë

Flamuri gjakosur,
Lyer me nder,
Trimat luftuan me pushkë,
E shumë të tjerë me penë.

Sa shumë ranë dëshmor,
Për vendin tonë,
Luftuan pafund e u ndjenë krenar,
Mbrojtën flamurin e tyre,
E u bënë fitimtarë.

Se nuk vunë gjumë në sy
Për ditë e net me radhë,
E kishin të vështirë,
Të shihnin nënën Shqipëri në atë mjerim!

Qiellin e kish mbuluar tymi i hakmarrjes,
E barin e tokës së tyre,
gjaku i osmanëve!
Prandaj bij e bija dhanë gjakun e tyre,
Të mbronin flamurin e atdheut,
me shqiponjën dykrenore.

Jetë, do të thotë të jetosh e jo vetëm në të lodrosh,
Mos të shkosh me patjetër pas një gjëje që të josh !
Ja vlen të qash, të biesh e më i fortë të ngrihesh,
Se sa të qeshësh e shumë shpejt, buzëqeshja të të griset.

Një pikturë

A ka ngrohtësi brenda një pikture?
Bojërat a pikturojnë të vërtetën?
A është i vërtetë ky zjarr,
Pse nxehtësinë s'e ndjej.

Po një diell të pikturoj,
A do e ndriçojë rrugën time,
Po atë familje të vjetër,
Penelat a e krijojnë.

A thua se me të bardhë,
Mund të ngjyros mbi të zezë,
Apo del gri,
E shpresat mi shuan?

Ka mbetur pak e bardhë,
Ç'mund të bëj me të,
Apo në fatin tim të zi,
Të shkruaj: "LIRI".

Ku i ke bijtë moj nënë

Pse qenke vetëm,
A nuk është sot ditëlindja jote?
Pse je ulur pranë oxhakut,
A nuk do doje të festoje?
Moj nënë e gjorë,
Ku i ke bijtë,
I rrite me dhimbje,
Dhe ato, nuk janë bërë doktorët e tu!
Qenke vetëm,
A nuk ishe heroinë,
A nuk ishe ti ajo që i dhe forcë atyre fëmijëve?
Po tani, ata ku janë?
Mos vallë i ke çuar shumë larg?
U dhe dorën për të ecur,
Po ata, po ta japin atë për tê vdekur?
Qenke keq nënë,
Po si kështu?
A nuk ishin ata heronjtë e tu?
A nuk thanë se nuk do i braktisje?
Po unë nga i di,
Se lindja fill me gënjeshtrat e tyre,
Dhe vdisja me harrimin e këtyre!!

Abort

Kur çdo gjë të shembet para syve,
A mund të nxjerrësh lot?
Në këtë ditë të zezë,
Ngushëllim a mund të ketë?
Jo!
Dhe a e di pse?
Se zemër ti mbajë nuk ke!
Zemra t'u shemb,
Bashkë me humbjen shkoi mbi re,
Dhe nëse e ke,
Një pllakë të zezë të ka lënë.

Urrejtjen moj nënë kujt do ia lëshosh?
Se nuk ka fajtor,
Thua Zoti të ka vënë në provë?
Se kishe një jetë,
Që brenda teje ka lënë boshllëk,
Vallë kush do ta plotësojë,
Atë vend aq bosh?
Jeta është e bukur,
Mëmësinë ti prapë do e provosh.

Ku e ke kohën

Ku e ke kohën djalë i gjorë?
Për familjen je bërë vonë,
Kujt ja çon atë pikturë,
Të të kujtojnë a thjesht ta varin në mur?

Ku e ka shpirtin ajo dhuratë?
Po shkon sot,
Po kush të ka mbledhur?
Lypja për dashuri?
Në lypet të mos marrësh asnjë çmim,
Ai je ti.

Nëse dashuria nuk do trokiste në një derë,
Do të ishte e jotja,
E mbushur plot myk e fantazma,
Të kohës që shkojnë e vijnë,
A thua valle janë harruar?
Tepër vonë,
Dhe ato për ty janë kujtuar.

Priti në mesnatën e parë e do vijnë të të marrin!
A do të lejnë vallë nga ëndrra bashkë me kohën të dalim?
Epo jo, se tepër vonë është,
Orën s'e ke parë,
E familjen ke lënë ne baltë!

Qan ky vit dhimbshëm

Derdhet loti n'Oqean,
Dridhet shkëmbi kur Perëndia qan,
Vërshon dallga kur mbi të bie loti,
Dhe vërshon shpejt e tëposhti.

Brohoret fort kokoshi,
Çon njerëzinë nga gjumi,
Qan mjerueshëm nëna mërgimtarit,
Se djali larg i vajti!

Ulëret prindi për fëmijën,
Qan e çirret brenda vetes.
E i shkreti fëmijë i vetëm,
Qan për nënë e qan për babë,
Qan për motër e qan për vëlla,
Nuk i njohu njëherë,
Veç pret...
Nuk ka ku të futet,
Nuk ka ku të struket,
Nuk ka ku të gjej ngrohtë,
Nuk ka një shtëpi që brenda të shkoj.

Qan dhe viti mbi bastun,
Shkoi dhimbshëm pa dëshira,
I tregon dhimbjet qiellit nevrik,
E kërcet e buçet,
Çirret si mace,
Shkarravit qiellin me re!

Se rrugët janë mbushur plot,
Buçasin zëra njerëzish,
Shajnë, qajnë,
Ç'bën kështu mor vit plak,
Njerëzit i nxore nga shtëpitë,
Në këto festa, në këto ditë!

58

Larg nga dhimbjet

Fryma të më ndalet,
para se ky tren i shpejtë jetën të ma marrë,
e të ma çojë larg,
atje ku thuhet se nuk ka djaj.
Të vdes pa dhimbje,
pa rrugë të çarë,
dhe pse e di se nga aty,
një lule do të dalë.
Më mirë po marr trenin e përjetësisë,
të shkoj larg, larg nga këtu,
aty ku dielli dhe rrezet e tij si kënga e bilbili t'më trokasin në fytyrë,
e retë e pambukta të më bëhen dyshek i butë.

I ftohtë shtrati i jetës

I ftohtë shtrati i jetës
Gurë në shtroje
Erë në mbuloje
Këtu pranë sofrës së imagjinatës.

Sa rrallë më shfaqet dielli
Në dritaren e jetës time
Edhe kur dal ai ikën e nuk më prêt
Largohet pa më shikuar mua.

Si t'ia bëj për një çadër
Një familje në vizatim
Një zemër që nga dashuria merr ndriçim
Për një ylber që imagjinatën të ma bëj realitet.

Ndofta nuk më priti siç duhej jeta
Ylli i shpresës dalëngadalë po zbehet
E po zhduket në errësirë.

Përrallë e dhimbshme
Ëndërr e frikshme
Në shtratin e jetës
Në makthin e natës.

Mërgimtari

Oh mërgimtar i mjerë
Sot gjumi nuk të merr
Në gjirin e nënës nuk je
Je nisur i vetëm drejt rrugës në botën e re.

Rruga do të jetë e gjatë
E ti do lodhesh shumë
Do kesh pengesa
Dhe shumë net pa gjumë.

Loti qenka pareshtur
Si furtunë zemra ulërin
Malli të ka dënuar
Në atë rrugë pa kthim
Qelqi është i tejdukshëm
Po ta merr rininë.

Qielli është i ngrysur
Mallin nënës do ia shtosh
Lot i saj po pikon
O bir i nënës kthehu
Po me mallin tim ç'do të bësh?

Lotët e nënës i mori era
E në qiell i shpërndau
Fati u kthye në klithëm
Dhe nënës pa të birin
ja bëri jetën skëterrë.

Ku të kërkoj

Sa shumë vite kaluan,
kur ti shkove,
edhe këtë ditëlindje sot me ne përsëri s'e festove,
dhimbjen dot s'na e lehtësove.

A e di ti se për çdo vit na ngulet dhe një thikë,
dhe na merr një copë nga ky shpirt?!

Vite e vite pa zërin tënd,
më vjen në ëndërr si i përhumbur,
e unë të vij nga pas,
dua të të përqafoj,
por gjithnjë është shumë vonë,
se ëndrra më mbaron,
dhe ti më shpejt se ajo vrapon!

Në këto mure të ftohta
ruaj një kujtim nga ty,
buzëqeshjen tonë të fëmijërisë,
që e mbaj ende në kornizë!

E përkëdhel pak e nga pak,
dhe për kujtimet tona zë e flas,
futem brenda në fotografinë bardhë e zi,
vrapoj mbas teje të të kap,
Por prapë ti më ikën me vrap.

Zgjohem nga një pikë loti,
në faqen ende të patharë,
Rrëshqet, më zgjon nga gjumi,
Mundohem ta fshijë e ta fshij,
Por prapë faqja më mbetet e lagur,
Nga vala e detit të pakapur...

E me pas...
më pas nuk di ku të të kërkoj,
vallë ke marrë krahë e ke shkuar mbi re,
të vij të të kërkoj atje?
Kthemë përgjigje o i mjeri im,
Mos vallë që të kërkoj bëj gabim ?
E di që ke mbirë lule e re,
Je në ndonjë lëndinë,
Zemra ma thotë,
E di që ti nuk mund të jesh mbi re...

Eja...
Unë gjithmonë do të pres.

Natë e errët

Natë e errët,
Mbuluar me gazeta,
Krevat?!
Trotuari i ftohtë,
Heshtja!
E preferuara e netëve të ftohta,
Shoqërues?
Avulli që lëshon në rrugët që ka shtëpi,
Neoni që rri heshtur i akullt,
E këtij fatziu
I bën dritë e i lëshon pak ngrohtësi.

Si fantazmë në këtë jetë po endemi.
shushatur në opinionin e të tjerëve,
po harrojmë se kush jemi !
Çdo të bëjmë,
t'i dëgjojmë e në vend të ndalojmë,
a të vazhdojmë, e ata në vend të na shikojnë ?!

Mjeran i shpirtit tënd

Kudo gjarpri që lëviz,
Këmbë nuk ka që të ecë,
Dhe kur futet në labirinth,
Kudo që të shkojë,
Do të takohet përsëri me lëkurën e vjetër të tij.

Sa e vogël kjo botë,
Maskën lehtë e vendos,
Dhe vetë hyn në ferr
Në një labirint virtual e plot terr.

Të tejdukshëm
Këta njerëz të pakuptimtë,
Mjeranë në hije,
Fshehur nga realiteti.

Pse s'bërtet more i mjerë
Thuaje kush je?
Sa të tjerë mund të gënjesh?
Sepse për veten tënde përsëri i njëjti do të jesh.

Kush mendon se je?
Sundues i botës?!
Jo, jo
Në të vërtetë
Ti je mjeran i shpirtit tënd.

Në rrugët e këtij qyteti

Në rrugët e këtij qyteti më mungon vetja,
Nuk e di se ku e kam humbur,
Nuk e di se ku e kam harruar.
Ndofta gjendet në një rrugë të shkretë,
Ndofta është mbytur në ndonjë peng,
Ndofta dikush ma ka vjedh.

Më mungon shumë mënyra e të menduarit,
Mënyra e të duruarit,
O sa shumë jam penduar,
Dua pas të kthehem,
dhe një ditë më shumë ta kisha jetuar.

Të jetoj ato kohëra të bekuara,
dhe pse atëherë të paduruara,
Kishin qenë kohërat me të lumtura,
dhe pse atëherë të padëshiruara.

Sa do doja të kthehesha pas
E t'i kisha marrë leksionet e duhura,
Të kisha shoqëritë e duhura,
Të ktheja përgjigjet e duruara.

Prapa krahëve

"Një trëndafil i bukur mund të të vrasë, me gjembat e saj
mund të të thyej dhe zemrën!"...

Një trëndafil të bukur jeta më dhuroi,
Thellë me gjembat e saj më përshkoi,
Zemrën ma çau,
E shumë ma lëndoi!

Kur hapa sytë
Në një tjetër botë u gjeta,
Isha e përhumbur,
E ulur dhe përgjunjur!

Nuk dija se ku isha,
Veç dhembje dija se kisha,
Më dhembte zemra,
E shpesh më ngatërrohej dhe mendja.

Ashtu e trazuar,
Me mendje dyzuar,
Disa njolla gjaku,
Pashë e tmerruar!

E trembur ashtu,
I pashë me kujdes,
Nuk ishin gjak,
Por petalet e trëndafilit të mallkuar!

Zija

A e di ti që qan,
Se ai shpirt i mjerë të dëgjon,
Nga ana tjetër të sheh,
Dhe veten me dhimbje e torturon?

A e di ti që qan,
Se jo veç për ty ka dhimbje,
Se ai që është dorëzuar,
Është zhytur në pendime?

A e di ti që qan,
Se ai nuk ka ikur veç për ty,
Pa faj jeta në luftë e ka përdorur,
Në luftë me ata lot e ka përballur?

A e di ti që qan
Se ajo rrobë e zezë syrin ja ka vrarë?

Dhe nëse ti e di...
Ai shpirt nuk e donte këtë nga ti....

Shpirt jetimi

Dhe nuk ka faj ajo grua,
që kaq larg qëndron,
Shpirtin e ke jetim,
dashuri tek ty, nuk gjendet kurrkund.

Dhe nuk ka faj ajo grua,
nëse loti të rrjedh,
Se jetën e ke bërë me keq se një ferr,
shpirt jetim je!

Dhe nuk ka faj ajo grua
që veten në pasqyrë s'sheh,
Ke humbur totalisht,
në shpirt ke filluar jetë të re.

Dhe nuk ka faj ajo grua,
kur gabimi të përket,
Mos fajëso,
se në atë jetë të re,
nuk e ke përfshirë atë.

Tuneli i gabimeve

Isha thellë në tunelin e gabimeve,
Ku nuk qaja dot,
Se kudo, shihja pasqyra...

Ish një dhomë plot gabime,
Me pasqyrime që nuk duhej të ekzistonin...
Kudo shihja veten time,
Si gabimi më i madh.

Aty ku duhej vendosur një kryq i kuq,
Nuk duhej të isha futur,
Në atë vend kishte vetëm natë.

A *të kujtohet* ...

A të kujtohet sadopak
Koha e lënë pas,
E ngjyrat që sot nuk kanë lënë shenja?
Nostalgji për kujtimet e vjetra.

Atëherë bota kish ngjyra
Për habi sot ka zi
Në këto kujtime më ke vdekur ti
E mua më le me makthin e pëshpërimave të fantazmës tënde.

Kam frikë
Ora ecën
Më tremb
O zot sa frikë.

Ti je kudo
Në foto, në kornizë
pikturë fantazma jote
Fryma jote dëgjohet ende
Aroma jote më ngjall kujtimin tënd të vjetër e me ngjyra..

Sytë qëndrojnë të ftohtë,
Asnjë sfidë nuk m'i lag dot,
Edhe pse çdo ditë, zemra derdh lot...

Atëherë

E nëse do të isha unë kënga,
Ti do ishe këngëtari.
E nëse unë do isha Diell
Ti do ishe Qiell.

Ashtu thosha njëherë,
Ama sot dyert e mia janë mbyllur,
Dhe e di ...
Ti e ke atë çelës,
Dhe e di ...
Se ti më ke marr në Qiell,
Më ke lënë Diell pa strehë ...

E ti e di,
Ke zgjedhur një rrugë,
Pa fund, pa vlerë…

Unë do i mbyll sytë kur ti të marrësh udhë,
E do vazhdoj me kujtimin tonë të fle,
E nëse do mundem të të harroj,
Ti do kthehesh prapë
E në jastëk fantazmën e vjetër do gjej.
Atë do gjej…

Botë false

Pa peshë qenka e drejta
Nuk gjykuaka të vërtetën
Që qenka një gënjeshtër
Në atë botë false.

Jemi ne, klounët a fantazmat
Që na kanë mbuluar maskat
E realitetin kemi mbytur
E kemi lënë pa ngjyra.

Nuk paska peshë e drejta
Qenka më kot
Thjesht një komplot
Mashtrime dhe ulërima
Zëra të turbullt në humnerën virtuale.

Deti i lotëve të mi

Sytë e përlotur,
Pikojnë çdo ditë,
Ato flasin me heshtjen,
E unë flas me veten!

Gabimet e heshtjes rëndojnë tek unë,
Barra shkel me këmbë,
Ç'dhimbje është kjo?
Që dhemb në shpirtin e përgjakur.

Uni flet me mua,
E ndërsa lotët flasin me heshtjen,
Deti i lotëve po kalon cakun,
Po mbytem,
Heshtja e vdekjes është më e dhimbshme...

Dhe sa gjatë?

Sa gjatë duhet të fshihem?
Kur do vijë ajo kohë që makthi të përfundojë?
Loti që rrjedh dhe në ëndërr,
A ndjehem mirë?
Po faleminderit, kujt ti them?
Fundeve të lumtura të cilat nuk mund ti zgjedh!
Gjerat që mendoja se do i jetoja
dhe kurrë nuk munda ...
Dhe sa gjatë duhet të fshihem?!

Pa titull

E ç'di ti mbi dashurinë,
Kur në një fjalë ia zhgarravite gjithë historinë?
E ç'di ti mbi jetën kur e shpërfille?!
Ehhh, po të dije nuk do silleshe si fëmijë,
Nuk do e bëje të verbër çdo dashuri që të vinte përbri.
Ti nuk je njeri,
Dhe dashurisë i fshihesh,
Ti merr çdo ngjyrë,
Ti je kameleon.
E ç'di ti, kur në errësirë vrapon,
Kush ta mësoi ty fjalën dashuri?
E ndjej ...
Në fjalorin tënd nuk ka përkthim!

Lot mbi lot

Eci në shi
E teksa ai lag flokët e mi
Rrëshqet nëpër faqe
E bëhet loti im.

Ngrohtë kam në këto rrugë
Dhe pse shiu më lag
E më rrjedh në trup
Ashtu i qetë e dalëngadalë

Rrugët heshtin
Para këtij mbreti
Lot mbi lot
Dhimbja e shpirtit tim
Lot mbi lot
Ky shi zi.

Lumturia nuk gjendet më ashtu si e fitove

Ti u rrënove me lumturinë,
Humbe fytyrën, e bashkë me të, gjithë pasurinë!
Muret ranë e më s'u gjenden,
U lagën nga lotët e qiellit,
E u thanë nga shamitë e diellit!

Lumturia jote vajti diku larg,
Aty ku as imagjinata dot nuk e kap,
E humbe,
Ishe zhytur për dreq mes parasë pushtetit,
Sytë t'u verbuan,
E veshët nga tingujt e hekurt u shurdhuan!

Vitet u qëndisën në bluzën e jetës,
Me ngadalë e me kujdes,
Lumturinë e hodhe e më se gjete,
E tani dua të të bëj një pyetje,
Vallë dashuria të ka bërë për vete,
apo pasuria e pushteti të tërheq me mijëra magnete??

Eh Ti,
Ti vonë u kujtove,
Lumturia më nuk gjendet ashtu si e fitove!

O jetë

O jetë,
Falmë një shpresë,
Një dritë,
Se kam një etje të madhe për diell.

Të urrej,
O jetë e mallkuar,
A mundem të bëj për ty diçka,
Që të dal nga ky ferr.

O jetë,
O dreq,
Pse me trokite mua,
Veç një përgjigje falmë.

Pse kam etje,
Që kurrë nuk shuhet,
Mallkoj, mallkoj
Por atë të vërtetë nuk mundem ta qartësoj.

Kam etje,
Por jo për shi,
As për ujë,
Por të të flak tutje ty.

Shkoi ora

Shkoi ora e pavetëdijshme
Kush jam, nga vij
Pyet në vonësi,
Nata jep përgjigjen e përpiktë.

Shkoi ora
Akrepat vallëzojnë ende
Shpesh i kam zili,
Pareshtur mes tyre ka harmoni.

Net e dit pa gjumë e pa dremit,
Sërish shkoi ora vonë
Siç vajti cigarja e shkrumbuar
Që dergjet pa jetë në tavllën nga hiri i ngurtësuar.

Shkoi ora
Kërkoj për ty,
Po ti s'jeton aty,
Nuk di nga je e nga ke humbur.

Si ora dhe ti
Humbët pavetëdijshëm
Në vallëzimin nën hijet e natës
Me muzikën muzikantësh të veçantë.

Në hijen e natës
Erdha për ju
Por jo,
Një tjetër komplot mes meje dhe natës.

Kurrë nuk hezitova për ty
Nuk u lodha kurrë
Por sot, shpresa vdiq
Humbja qesh pashpirt.

Po bie shi

Eci në rrugët e gjymtuara,
Dorë për dorë me heshtjen,
Neonet muzë,
Që këndojnë poezi në veshin tim.

Ç'është kjo dashuri
Mes meje dhe tij,
Kjo heshtje, pse hyri kaq shpejt në zemrën time,
Pse u fut e me rrëmbeu çdo kujtim.

Ah moj heshtje, moj heshtje
Ç'të bën kaq të bukur,
Apo veshja e syve të tu,
Që nuk mbart një grimcë të vërtete.

Me të vërtetë,
Nuk u lodhe deri më sot,
Duke kapur në çark zemrat e njerëzve
Ç'është kjo dashuri?

A ma shpjegon kush melankolinë e shiut,
Pse më pëlqen kaq shumë floku i lagur,
A ma shpjegon kush
Ç'është kjo lidhje mes meje dhe shiut?

Sa shumë dashuri
Sa shumë heshtje.

Si shi

Si shi për ty jam derdhur,
Natë e ditë rrugës më ke lënë duke bredhur,
Nuk ma le shpirtin tënd si shtëpi,
Aty do gjeja strehën e të flija si fëmijë.

Do luaja e do kërceja,
Do këndoja,
Melodinë ta dëgjoje dhe ti,
Bashkë ta krijonim lumturinë.

Sikur lotët e mi të binin tek ti,
Dhe ti si diell të më krijoje një ylber,
Të luanim si fëmijë,
Të pikturonim një jetë plot lumturi... .

Thërritëm

Nëse do që të kthehesh këtu,
Më thërrit se krahët e mi t'i jap,
Nëse do të largohesh nga ajo botë,
Përqafimin tim e ke këtu!

Kur të kesh nevojë
Për një çadër prej lotëve,
Thërritëm,
Se si pikat e shiut do ta kem atë ritëm.

E kur të duash të qeshësh,
E arsye nuk gjen,
Nuk jam larg,
Thërritëm,
Veç thërritëm me mend!

Kur të kesh frikë vetëtimën,
E perden dot se mbyll,
Ti e di ç'duhet të bësh,
Jam vetëm një mendim larg.

Kur do të qash e të shpërthesh,
Thërritëm,
Se aty do jem shpejt,
Do ta jap atë shami,
Që mbase lotët ti than për jetë!

Kur të duash ta mbushesh zemrën,
Thërritëm,
Se të mbush me ngrohtësi!

Kur të kem nevojë për ty,
E di se ç'bëj,
Do vij e të qahem aty,
Por pasi të më thërrasësh Ti!

Të kërkoj...

Jetë pa ty
Ferr, errësirë,
Shpirtin e kam bosh
Ditët nuk kanë jetë për mua.

Sot përsëri ra shi në zemrën time
Sot sytë po të kërkojnë
Sot dielli më mungon
Çdo hapësirë është bosh

Jetë pa ty,
Makth për mua,
Ku je gjysh, ku je
Të lutem një përgjigje gjeje e ma kthe.

Po pres,
Me dhimbje që kufij s'njohin,
Ku je sot,
Kam nevojë për ty...

Dhe erdhi duke më trokitur një lajm,
Që ti nuk ishe më,
Bërtiste a s'bërtiste si i marrë,
Pas dere s'priste dot,
Të shtyhej dhe një natë

Jetë e kërrusur

Gurët peshojnë,
Hija jote më ndjek,
Në një derë atje tej,
Duket sikur më thërret!!

Vij, eci drejt teje,
Sa herë afrohem ti zhdukesh,
Pesha shtohet ende,
Ti nuk je.

Ku të kërkoj për ty,
Nga t'ia nis,
Vetëm një herë me ty të jem
Se je ime më.

Oh jo nuk mallkoj,
Nuk ta vras zemrën,
Por njëherë dua ta ndjej,
Ç'është dashuria e nënës.

Jeta ime pa ty s'ka kuptim,
Nuk ka fjalë,
Në djall jeta kur me mua nuk je,
Nuk mundem më pasi çdo gjë nis nga ti.

Ah ky shpirti jot,
Në sytë e tu nuk ndalet dhimbja,
Heshtja sot tallet me mua,
Jetim jam unë e s'je ti.

Edhe heshtja nuk është jetim,
Prindër ka vdekjen,
Nuk dua t'i ulëras,
Se më pas nuk e di.

Ku je,
Duhet të kem ty,
Këtu,
Veç njëherë nënë të ndjej shikimin e syve të tu,
Veç njëherë dora të përkëdhelë flokun tim,
Por jo, unë prindër kam vdekjen.

Kthehu o nënë

Sot një flutur më ka ardhur,
dhe faqen më ka lagur,
mi ka mbyllur sytë,
dhe në ëndërr më ka çuar larg!

Më ka çuar aty,
ku nëna ime thurte,
ku engjëjt bënin muzikë,
kur nëna ime më puthte,
Aty dhe era na kish zili.

Kam shkuar kaq larg,
nuk e dua realitetin,
nuk dua të kthehem,
se pllaka e mermerit fjalët nuk mi dëgjon,
dhe mjegulla e përzier me dritë hëne,
punë nuk më bën!

Nëna ime dashur ku ke shkuar?
ku je tretur?
po unë moj nënë ku ti derdh lotët?
Gjithë shamitë e botës mi dogje,
tok me ty nënë erdhën mendimet e mia
atje, në një botë të re!

Sa i fortë qenka ky dhe!
saqë poshtë tij të të mbaj dhe ty?
Të dua ty nënë
të të flas,
të derdh lotët tek ti,
të të flas për çdo ndjesi.

Eja pra nënë,
eja nënë,
kthehu,
Kthehu se vetëm nuk mund të rri.

Në këtë jetë s'mundem më të të takojë

U bënë vite ...
I tretur në erë?
Në dashuri?
Apo dikush të ka lënë të presësh në derë?!
Të prita në ëndërr,
Në dimër, në verë,
Me sytë nga qielli,
Mes yjeve të të shoh vetëm njëherë.
Por, më kot kërkoj,
Më kot shpresoj,
Në këtë jetë,
S'do mundem më kurrë të të takoj.

Ku jam

Ku jam sot!
jam në dorën tënde o Zot,
Me mua ç'do të bësh,
mos vallë në Parajsë do t'më çosh?

Ku jam sot?
A më prekin këmbët në tokë?
Apo dyshek retë do t'mi bësh?

Eja pra merrmë,
të vij aty lart,
bir të diellit të më bësh,
të luaj me atë që nuk e kisha në jetë,
të kem pranë nënën që nuk e pata ndonjëherë.

Kujtimi i humbur

Mundohem të shoh,
Thellë në zemër diçka më ka humbur,
E kërkoj,
Mundohem ta gjej,
Në ç'vend e kam strukur?
Ah po,
Tani e mbaj mend,
Në stolin e vjeshtës së bukur.

Aty qëndron aroma jote baba,
Ajo që në zemër më mungon.
Vij e të kërkoj,
Por gjethet e arta ma kanë humbur.

Vazhdova,
vazhdova dhe kërkova deri më sot,
Të humbur e gjeta atë hajmali,
Në të fshihej emri e aroma e tij.
Ah sa të liga këto gjethe,
Si m'i bënë këto gjeste?

Dhe tani,
Sa shumë do të doja,
Një erë të frynte me furi,
Gjethet t'i çonte lart
T'i hedhë mbi degët e pemëve përsëri,
Dhe aty në ato stol,
Qielli blu të kthehej pa zbehtësi,
Dielli të ndriçonte si gjithmonë,
E kujtimin e humbur,
Ta gjeja në horizont.

Nënë

E di, që sot rëndë gabova
E zemrën tënde lëndova
U mata aq shumë
Por fjala e toni i lartë
Përtokë më rrëzoi.

Nënë
Mua më le jetim një pikë loti i yti
Sot harrova çdo gjë
E në çdo frymë të mendoj.

Më fal nënë
O nënë
Mi kthe ngjyrat në jetë
Që sot sytë të mos më bëhen si film vjetër.

Më jep një dorë
E fjalët të rrezoj
Pendesën eja ta hedhim tutje
Veç sot
O nënë.

Nuk është hera e parë e as e fundit
Që ndihmë të kërkoj
A më fal dhe sot
Sot nënë
Veç për një sekondë më mungon.

Lotët flasin vetëm fjalën
Ma fal dhe sot.....

Ku je nënë

Ku je nënë,
unë rrugën nuk po e gjej,
nuk po shoh një dritë
që drejt teje të më sjellë.

Ku je nënë
ke shkuar kaq larg,
në errësirë padashur më ke shtyrë,
e për të më marrë nuk ke hyrë.

Ku je o nënë
a e di se në këtë lojë të jetës ka dallim,
në fushë, çdo herë unë kam gurët e zinj,
thua ky është fati im?!

Nuk di nënë pa ty si ta kaloj këtë fushë,
si ta kaloj këtë lumë pa urë,
si t'i kaloj netët pa gjumë.

Po të pres o nënë,
se fletët e kalendarit më nuk i kthej,
janë të rënda,
dhe unë e vetme nuk mund t'i ngre!!!!

Për mamin tim

Mami,
Të dua kaq shumë,
Sa dhe poezia sot do të rrijë pa gjumë.

Këto fjalë që do të them janë të pakta,

E di ...
Pas le të bëjmë dy hapa,
Kthehu në ditën kur për herë të parë qava tek ti,
Kthehu në atë ditë, kur me kaq gëzim qave dhe ti .

E di ...
Jam mbajtur në krahët e tua,
Çdo herë kur këmbët padashur më janë ngatërruar!
Ke qenë gjithmonë aty,
Së bashku për të hedh një hap të ri,
Ke qenë gjithmonë aty,
Për të më falur dashuri!

Dhe sot në këtë festë,
Nga një dhuratë prej shpirti
Ti lot gëzimi po derdh,
Por unë dua gjithmonë
Ty të të shoh duke qesh!!

Pse o babi

Të kërkoj,
Të kërkoj por ,ti je zhdukur,
Diku larg,
Je strukur.

Ku je sot,
Që vetmia nuk më soset,
Të jemi bashkë si atëherë,
Kur në ditët me shi,
Më mbuloje me çadër dhe me ngrohje ti.

Por jo,
Sot nuk jam unë si më parë,
Vetëm trupi më ka mbetur,
Sepse shpirti im,
Tek yti është tretur.

Sot shiu më ka lagur,
Dhe lotët mi ka fshehur,
Sot retë,
Ëndrrën ma kanë mbytur.

Pse o babi,
Nuk jam më si më parë,
Që udhëtoja ndër përrallë??
E di?!
Sepse shpirti im,
Burgosur ka mbetur tek ti.

Sytë e tu

Ke sy të shkruar,
Roman për zemrën,
Sepse me ata sy,
Unë e fillova jetën!

Sytë e tu më shëmbëllejnë me hënën,
Më duken si ditar,
Aty ku hedh mendimet e mia
Pa kohë e në çdo orar.

Sytë e tu japin forcë,
Kur shiu bie rrëke,
Nisem me vrap tek ti vi,
Se veç aty gjej strehë!

Ndonëse ndonjëherë të verboj,
Ka raste kur me një fjalë i shkatërroj,
Por më nevojitet vetëm me një shikim
Dhe unë për jetën marr mësim!

Se nuk jetoj dot pa ty,
Kur mërzitem shumë, aty rri,
Shpesh dhe pa gjumë ...
Aty qaj me furi,
Brohoras me fuqi,
Se veç sytë e tu nënë më bëjnë magji!

Pendim

Jetë çfarë jete,
Ndër rrugica me terre,
Në ato të pista rrjete,
Diskutime deri në vdekje !

Sa pendim kur e takon,
Ai kërkon më shumë se dorën
E sa ashpër vepron,
Kur nuk i jep atë ç'ka dëshiron.

Sa lot,
Mbas asaj shoqërie shkuar kot,
Mbas atyre mesazheve,
Që fytyrën nuk ta tregojnë dot !

Sa lutje e përpjekje të harrosh atë çfarë ndodhi,
Sa bosh ndjehesh kur të vërtetat të dëgjosh,
Do të jetë vonë kur të kuptosh,
Se sa shumë gjëra të kanë ulur poshtë.
Kujdesemi për vetveten,
Kështu thoshim,
Përpara atyre "aksidenteve".

Fatale ish kjo jetë,
Për ata që nuk dinin ta jetonin,
Makth u kthye ky lundrim,
Pë ata që nuk dinin të notonin.

Ditë të grisura

Jeta shkrimtare,
Disa ditë po i gris,
Ndofta nuk i pëlqejnë,
Ndofta nuk duhet ti ketë në krijim.

Si film pa ngjyra do të dukej ky krijim,
Nëse në të nuk do kishte pak besim.
Çfarë ka të bukur,
Kur faqja e parë të çon drejt fundit,
Lexoje romanin tënd si përrallë,
Bëje të mundur,
Bëje vehten të lumtur,
Jepja gjërat që dëshiron,
Jepja se i takon,
Faqen më të bukur,
Bëje kurdo e përgjithmonë .

Merrja madhështinë lindjes së diellit,
Merrja lagështinë vesës së mengjesit,
Bëhu ti lajm i terrenit,
Beso se e bëre vetë,
Arrite diçka në jetë !

Merri perlat nga fundi oqeanit,
Bëji kurorë
Vendosi mbi krye se të takojnë,
Se sa e shtrenjtë është puna që bën,
Askush dot nuk ta vlerson !

Hija e heshtur

Zhdukur prej kohësh,
Tretur mes vallëzimit të akrepave të orës,
Ndër pikat e shiut imazhi yt është humbur,
E në diellin e fortë, hija jote më nuk është dukur.
E unë prisja ndonjë ditë të vije si ylber,
Ti jepje dritë kësaj fotoje,
Por ti nuk erdhe,
Përkundrazi,
Shkove e nuk u ktheve !
E kjo më bëri të fortë,
U çova,
Ylberin e jetës vetë e krijova,
E më të bukur këtë pikturë e ndërtova !

Të tërhiqem ?!

Pa të shoh se ç'mund të bej,
A të heq dëfrimin ,
Të ndaloj gëzimin,
Të anashkaloj jetën ,
E pre e mendimeve të mbetem ?
A, të lutem këtë nuk e bëj,
Nuk mundohem që mendimet negative,
t'i bëj rrol të jetës time.
Kuptomëni,
Ju them se asgjë nuk fsheh,
Nuk jam fëmije i dëshpëruar për dashuri,
Por e kundërta,
E rrethuar me të tillë.
Dhe nëse vazhdimi do të jetë i vështirë,
Do të luftoj,
Që të arrij atje ku të kem dëshirë!

Një ditë si kjo !

Kur e nis ditën me pak stres,
E çdo gjë të kthehet në jetë,
Pyes vehten,
Po sikur të mbarojë e njejtë !

Kjo ditë e bukur a ka fund,
Shpresoj ta shoh tutje,
E nga sytë të mos më humbë!

Por për dreq ishte aq afër,
E unë mendjen nuk e kisha,
Këtë ditë kaq të bukur më në fund e prisha,
Kalova në gabim atëherë kur nuk e prisja !

Lotët si shpirti rrëke shkriheshin,
Në trupin tim dalëngadalë shiheshin,
Por unë isha verbuar,
E kaq gjatë, nuk e kisha menduar.

Ndofta ka një arsye pse jam bërë fajtore?!
E kam një arsye,
Se në këtë histori jam bërë eprore...

Dallgët e fajësisë më pushtojnë ngadalë,
Ashtu si lotët faqen e thatë,
Kujtimet kalojnë me rradhë,
Më kujtojnë se unë kam faj !

Më fal

E di se përbrenda edhe ti qan,
E di se ndjen dhimbje,
Për këtë më fal,
S'të kam krenuar aq sa për të të pasur në jetë,
Nuk jam munduar kaq shumë, për të të qenë pjesë.
Më fal,
Ke të drejtë,
Por dije unë e di dashurinë thellë-thellë,
Se je ti që më ndihmon të rri në këmbë !
Më fal se po të bëj ta urresh vehten,
Me fal se po të bëj të heqesh dorë nga vehtja,
Po të bëj të më mbash më lart se vetë jeta,
Më fal se po të bëj të ndjehesh bosh!
Më fal !

Stola të boshatisur

Stolat e boshatisur,
Sot nuk u lanë të braktisur,
Njerëzit i paskan zënë e nuk paskan lëvizur.

Fusha e blertë,
Sot nuk qenka e qetë,
Qenka më se e vlersuar,
Nga njerëzit që për të kanë "menduar".

Po si vetëm sot,
Paisjet qenkan anashkaluar,
Si vetëm sot, për të luajtur paskan menduar,
Si vetëm sot, paskan menduar për të diskutuar?

Sa do të donte kjo fushë e shkretë,
Përherë të kishte jetë,
Si në fillimet e saj,
Kur asnjëherë nuk lihej në vaj.

Mos gjeni shkollën si farë pretendimi,
Se nuk është gjë detyrimi,
Vazhdoje jetën pa shkollë,
 E shiko se si do të përfundojë filmi.

Degjomëni çfarë ju them,
Se as une nuk kam shumë eksperiencë,
Por e di se ç'është detyrë,
E di se ç'është dhe qejf.

Mos i lini bukuritë natyrore,
T'iu humbin para syve,
Mos i lini të zhduken,
T'iu ndryshojnë arsyen!

Jepi kuptim botës tënde,
Jo shkrime e postime,
Jepi zë tjetrit,
Të kuptojë se njerëz jemi, bëjmë edhe gabime.

Tregim i djegur

"Rreshta e rreshta,
Fjalë e ndjenja,
U shkrumbuan,
veç kur foli vetë zemra"

"Histori e marrëzi,
Sipas dëshirës së tij,
Por u largua,
Kur letra i ra nga duart"

"Poet i trishtuar,
Derdh lot zjarri ei ve flakë letrës si fari,
E kjo letër e djegur,
Derdhet si shatërvan i vdekur".

Nuk ka rëndësi se çfarë flisni,
Dashuria nuk është unazë gishti,
Dashuria jeton brenda nesh,
Të deh, si ndjenja kur dora e nënës ballin të
prek.

Është dashuri tjetër kjo realja,
Jo si në novela e në përralla,
Është dashuri kur rrethohesh me njerëz që i do,
Pa më thuaj o njeri,
A nuk quhet dashuri për ty kjo?

Kartelë mjeksore

Çfarë po ndodh kështu,
Ky shkrim është i vërtetë,
Si mund të fshihet një jetë me një rresht,
Kjo letër u djegtë.

Pa më thuaj, kur lexon ato rreshta,
Ku e mbështet kokën,
Kush ta shtrëngon dorën,
Ku e ke çatinë,
Po dashurinë?

Lotët,
Pa më thuaj kush ti fshin,
Në këtë rrugë je vetëm,
Mos më thuaj se nuk kam frikë.

Errësirën kush ta zbardh,
A nuk të shqetëson ky i mardh,
Flokët kush ti ledhaton,
Kush po të sheh si me jetën ti lufton?

Kur ti flet e loton,
Pa më thuaj,
Fjalët kush ti dëgjon,
Po sytë ku i drejton?
Lotin nga kush e fsheh,
Apo nga kjo botë e mallkuar,
Që ka mbyllur sytë e nuk të sheh ?!

Fëmijë i braktisur

A meriton dhimbje ky fëmijë,
Ku po shkon kjo shoqëri,
Kjo nënë ku e hodhi dashurinë,
Po njerëzia dhembshurinë?

Si e ze gjumi nënën,
Kur fëmija flen me hënën,
A e din se kur gjumi e tradhëton,
"Nënë", fëmija qan e rënkon.

Pa më thoni çfarë po ndodh,
Këta njerëz ku po na çojnë?

Jetë

Zia...
Nuk të shpëton,

Vaji...
Nuk e ngjall dot jetën që ke humbur,

Shpresa...
E kotë, nuk sjell dot asgjë,

Jeta e re ...
E vështirë e me sfida.

Por ti e di, që kohën dot nuk e kthen më,
Prapë kthehesh mbrapa,
Dashurinë kërkon, por nuk e gjen,
Se gjithkund është errësirë... .

Dhe ecën me kokën ulur,
Përdore nuk e paske dashurinë,
Vallë e ke harruar,
në atë që e quajte "Jetë e vështirë" ????... .

Pasqyrë e thyer !

Si pasqyrë e copëtuar,
Është kjo shoqëri e shëmtuar,
Si një reflektim pa buzëqeshje,
Është kjo shoqëri në heshtje.

Shihi drejtë e foli drejtë,
Të shohin drejtë e të flasin shtrembër,
Si gjarpri lëkurën ndryshuan shpejt,
Për një ofertë, të tradhëtojnë menjëherë.

Sa çudi me këtë shoqëri,
Si pasqyrë e copëtuar të vlerëson,
të deformon,
E ndërkohë, ty të bën refleksion.
Të mbetesh i lidhur si një i burgosur,
Përballë një shoqërie të baltosur,
Asnjëherë të vërtetë,
Veç gjithmonë shtiren, e më shumë gënjejnë !

Vite

Pa më jepni një përgjigje,
Çfarë në botë janë këto vite,
Me tre këmbë a me dy ,
Çfarë tregojnë kto gjymtyrë për ty?

Çfarë të bëj me këto dy shifra,
T'i kthej të bëhem tjetër,
A të rri me modën e vjetër ?

Thomëni, çfarë të bëj me këto dy shifra,
T'i gjykoj, të hulumtoj,
Apo sipas qejfit t'i shijoj ?

Po me yjet çfarë të bëj,
Të vazhdoj t'i numëroj,
Apo me makjazhin të vazhdoj e të punoj ?

Po me këtë punë ç'do të bëj,
Do vazhdoj të punoj,
Apo ato vite yjesh prap t'i shijoj ?

Me këtë shtëpi të rëndë çfarë do të bëj ?
Këtë këmbë të tretë ku ta çoj,
Atë jetë të lënë pas, a do mundem më ta jetoj ?!
Nuk e di .

E shpërbërë

Vrarë nga fatkeqësia,
Mbushur nga mëria,
Shpërbërë nga fëmijëria,
Endem në botën time,me shpirt vrarë nga vetmiaë !

Dielli më ka humbur,
U bë kohë pa e parë,
Në ndonjë qiell tjetër,
Thua t'më jetë arratisur prapë ?

Të vetëm shiu në baltë s'm ka lënë,
Nuk e di nëse ndonjëherë do të më largojë,
Vetëm di, se përjetë do të më dashurojë !

Endem,
Endem kot e më kot në rrugët e fëmijërisë,
Endem mbas të sjéllmes,
Por dhe këtë rrugë të shkurtër, e shparllaís*!

Ç'të bëj me këtë jetë,
Kufizimet po m'i harron,
Ndofta xhepi rrugës më është çarë,
E si monedha me tokën janë parë !

Sjéllmes~fatit
Shparllaís~shkatërroj

Flladi

Kur flokët fluturojnë,
Unë i shkoj pas,
Kur ato çmenden në erë,
Unë çmendem këtu përherë.
E flladi soprano në koncert,
Shëtit në pyll,
E pylli kthehet në opera të vërtetë.

Gëzueshëm flasin dhe zogjtë,
Mbi shelgun që në lumë flokët lan,
Por asnjë nga ato nuk i trembet dallgëve,
Që kalojnë e i'a marin në një anë.

Zërat e një qyteti!

Sot, as vetë nuk po i ndjeja hapat,
Isha plotësisht i vetëm,
Vetëm me mendjen time,
Duke hedhur hapat me hamendje.

Vështroja rreth e qark,
Por vura re se nuk isha vetëm…

Ndjeja një frymë të rëndë,
Që më oshtinte në vesh,
Ishte pak e vjetër,
E unë më i frikësuar,
Pashë nga pas.

Çudi,
Se aty nuk kish njeri,
Ishin vetëm neonet që sodisnin rrugën e braktisur,
Por fryma vazhdonte,
Dhe unë, u ndjeva paksa i mekur.

Vazhdova në qetësi,
Dhe fryma vazhdonte të më ndiqte,
Bërtita si i marrë,
"Kush dreqin je"
"Neonet jemi ne".

U ktheva dhe vështrova me çudi,
Mos ndokush më kish bërë magji?
Ndalova,
dhe si pa ndjenja reagova.

Neonet më treguan,
Se si për vite aty kishin jetuar,
Në borë e shi,
Në diell dhe shpesh në gri!
Eca,
Një copë zemre ja kisha lënë neoneve,
E pashë që ishin të vetëm,
Dhe më shumë të rënduar ndjeva veten!

∞

Aty pashë një të moshuar,
Gjumi e kish kaptuar,
Në trotuar rrinte i pa mbuluar.

Pranë iu afrova,
Dhe me lehtësi e zgjova,
Me xhaketën time e mbulova,
Dhe ndoshta një copëz zemër aty e harrova!

Më tregoi se si hante bukë!
Më dëftoi krevatet e tij.

Isha pak i trembur,
Isha prapë paksa i mekur,
Me kokën ulur,
Hijen e tij isha duke ndjekur!

Pa vënë re kuptova
se si ishte të ishe pikturë për të tjerët,
Kuptova çështë të marrësh frymë veç për vete,
Të ndjehesh i humbur para të tjerëve.
Kuptova të kem frikë nga vetmia,
Të kem frike nga hëna e mesnatës ...

∞

Eca me duar në xhepa,
Ndjeva tmerr nga errësira.

Dëgjova një kollë të thatë,
Në çast u ktheva mbas një hap,
Mendova se mos ish ndonjë plak.
Në fakt u trondita pak,
Mbas meje nuk qe ndonjë plak,
As ndonjë burrë me cigare a llullë në duar,
A me ndonjë sëmundje ndonëse të rrallë.

Ish një fëmijë rreth të dymbëdhjetave,
Dhe në dorë mbante një gjë në flakë.

Kurioziteti më shtyu ngadalë,
Pashë me vëmendje,
Dhe diçka nga zemra m'u duk sikur më ka dalë.

Në një dorë mbante një çakmak,
E ndër buzë një cigare në flakë.

E pyeta se ç'bënte,
Por përgjigje nuk ktheu,
Thjeshtë, cigaren nën dorë e fshehu.

Një krah mbi sup ja hodha,
Çakmakun më ngadalë nga dora ja mora,
Për herë të fundit ja tregova.

I thashë që këtë nuk do e bënte më,
Të digjte trupin e të digjte veten,
Se më pas nënë e babë do t'i linte vetëm.

Në atë çast ai filloi të qajë,
Dhe unë për diçka që s'e njihja u mërzita.

E pyeta se çfarë ndodhi,
Dhe me zërin e fjetur,
Si gjysmë hëne e derdhur,tha,
Nënë e baba uni im s'ka

Le ombre

Ho sognato un fantasma,
vagare in una cornice,
mi perseguita
mi lascia segni,
ma nessun segno sanguina.

Quanto dilemma in quella tela dipinta d'olio,
nella cornice
consunta dalle unghie del tempo.
Cosi tante le voci,
che mi chiamano o non so cosa fanno,
questo dipinto guardandomi mi fa versare una lacrima,
è male,
mi deride.

L'accordo tra me e la cornice
è legato con il vecchio testamento
è mai non si rompe,
mentre fantasmi mi cantano nell'orecchio,
il letto si trasforma in sepolcro,
e attendono l'ora della mezzanotte,
di fermare l'attimo
che sul mio corpo
dolorosamente canta.

Come in una nebbia
sento il loro pianto,
li ascolto che mi insultano,
sono pronti a divorarmi,
ad uccidermi,
a farmi versare sangue,
e adesso che mi sto svegliando
l'anima la sento come addormentata.

Tradotto da
Valbona Jakova

Hijet

Një fantazëm kam parë,
që endet në kornizë,
më përndjek
më ka lënë shenja,
por asnjëra nuk ka gjak.

Sa dilemë ka kjo pikturë,
korniza të lagështa nga vaji
të rrjepur nga thonjtë e kohës
Kaq shumë zëra,
që më thërrasin a s'di se ç'bëjnë,
kjo pikturë lotin ma nxjerr duke më parë,
ajo po më përqesh.

Testamenti i vjetër?!
marrëveshje mes meje dhe saj,
që kurrë nuk griset,
si fantazmë më këndon në vesh,
e shtratin ma bën varr,
dhe presin orën e mesnatës,
çastin të ndalojnë,
që mbi trupin tim
dhimbshëm të këndojnë.

Si në humbëtirë
e dëgjoj vajin e tyre,
i dëgjoj që më shajnë,
janë gati të më përpijnë,
të më vrasin,
e gjakun të ma nxjerrin,
dhe tani që po zgjohem nga gjumi,
shpirtin e ndjej të përfletur.

Il mendicante senza gambe

Le mie gambe sono la terra
E le tue ...
Esse sono il lusso,
Quello che conosce solo vanitá.

Sono forte atraverso le mani,
Io mi scaldo al sole,
E mi raffredo al vento,
Mentre tu ...
Tremi di freddo al sole.

I trascino solo attraverso il silenzio,
Circondato da muri muscolosi,
Nutrendosi del lume della luna,
E dissetandomi con piccole stelle.

La solitudine era l'unica cosa che avevo
Ma anch'essa fuggì...
Mi lasció qui
In compagnia delle gocce di pioggia.

Ora ho solo scrosciare della pioggia
E il vapore che mi accompagna,
Non ho nessuno intorno
Solo il tuono che ritorna al mio orecchio.

Non sopporto... il gelo,
Quello che mi ha avvolto il cuore,
Non ho più forza,
Voglio solo la luce del sole.

Temo il silenzio
Qui non ci sono né fanale, né neon
Sono rimasto solo
Dove niente splende.

I battiti del cuore adesso
Meglio che mi lasciano tranquilla...

*Tradotta in italiano
dal: Prof. Klara Kodra*

Lypësi pa këmbë

Këmbët e mia janë toka,
E të tuat...
Ato janë luksi,
Ai që njeh vetëm mburrje.

Jam i fortë nga duart e mia,
Unë ngrohem nga dielli
E ftohem nga era,
Ndërsa ti...
Ti ke ftohtë nga dielli.

Çapitem i vetëm mes heshtjes,
Rrethuar nga mure muskulozë,
Duke u ushqyer me dritën e hënës
E shuar etjen me yjet.

Vetmia ish e vetmja që kisha
Por dhe ajo iku
Më la këtu
Në shoqërinë e pikave të shiut.

Tashmë kam vetëm kërrcitmat e shiut
Dhe avullin që më shoqëron,
Nuk kam njeri përreth
Veç bubullima më oshtin në vesh.

Nuk e duroj dot ngricën
Atë që më ka pushtuar zemrën
Nuk kam më fuqi
Dua veç dritën e diellit.

Heshtjen e kam frikë
Këtu nuk ka as fener e as neon
Kam mbetur i vetëm
Ku asgjë nuk ndriçon.

Rrahjet e zemrës tashmë
Më mirë të më lenë të qetë.

Il tuo vecchio spirito si è perso cosi lontano

Sono passati tanti anni,
e tu ancora non hai imparato,
sono passati tanti anni,
e ancora tu non vuoi cambiare.

Ti vergogni di chiedere scusa,
e preferisci di più dire: " al diavolo"!
Questa cupa speranza ti ha coperto gli occhi,
ti ha fatto ridere con i Makth[1] delle fiabe.
Tu hai paura di vedere in faccia!

Tu hai paura dalle ali dell'angelo,
ti svegli dai sogni,
non sorridi con i giochi,
fuggi al canto,
ti nascondi al mondo!
Il tuo vecchio spirito si è perso cosi lontano
e non si trova più,
forse lo hanno ucciso,
o forse l'hanno preso,
forse si salva ma non trova il sentiero che porta a casa!
E se stesse viaggiando oltre all'oceano?
E se ha preferito più tosto sentire il diavolo?
E se fosse andato più in alto che lo spazio,
diventato stella, incastrato in una galassia?
Ahh, sei andato troppo lontano,

là dove non si trovano versi!
Sei perso nel buio,
sei perso in qualche lettera di favola,
o sei rannicchiato in qualche angolo dell'immaginazione?!
Ma continuerò a cercarti,
per trovare te, dentro di te,
continuerò a cercarti ovunque,
in ogni angolo ti cercherò con insistenza,
non ti lascerò perso nel buio,
non ti lascerò smarrito nell'inaridimento.

[1].Dal folclore, figura delle fiabe popolari albanesi, con sembianze umane che viene di notte e ti impedisce di respirare, ma se lo tocchi, ti esaudisce ogni desiderio subito.

***Tradotto
Valbona Jakova***

Shpirti yt u zhduk kaq larg

Vajtën shumë vite,
e ti ende nuk mësove,
Vajtën shumë vite,
e ti prapë nuk ndryshove.

Ty të vjen turp të thuash më fal,
Ti ke qejf të thuash "në djall"!
Kjo shpresë e zezë të ka mbuluar sytë,
Të ka bërë të qeshesh me makthet,
Ti ke frikë të shohësh në fytyrë!

Ti ke frikë nga krahët e engjëllit,
Zgjohesh nga ëndrrat,
Nuk qesh me lodrat,
Zhdukesh nga kënga,
Fshihesh nga gjithë bota!

Shpirti jot i vjetër u zhduk kaq larg,
Ai nuk gjendet më,
Ndofta e kanë vrarë,
Ndoshta e kanë marr,
Ndoshta shpëton e për në shtëpi nuk gjen shteg!

Po sikur të ketë udhëtuar përtej oqeanit?
Po sikur të ketë marr mendjen e djallit?
Po të ketë udhëtuar më lart se hapësira?
Po të jetë bërë yll, ngecur në galaktika??...

Ahhh, do kesh shkuar shumë larg,
Aty, ku nuk gjen dot varg!
Je humbur në errësirë,
Ke humbur në ndonjë shkronjë të përrallës,
Apo je strukur në ndonjë cep të imagjinatës?!

Do vazhdoj të të kërkoj,
Të të gjej ty brenda teje,
Do vazhdoj të të kërkoj,
Në çdo cep do shikoj,
Nuk të lë në errësirë,
Të humbësh në humbëtirë.

CIP Katalogimi në botim BK Tiranë

Huda, Sibora

Zërat e një qyteti / Sibora Huda ;
red. Klaudja Malaj.

– Tiranë : Turdiu, 2019
141f. ; 14.85 x 21 cm.
ISBN 978-9928-4580-1-8

1.Letërsia shqipe   2.Romane

821.18 -31

9 789928 458018